Premier regard

LA PRIÈRE

Lois Rock

Illustré par Carolyn Cox

Consultant pédagogique : Margaret Dean

Les thèmes 1 à 12 de ce livre entendent expliquer la prière du Seigneur, que l'on trouvera au thème 13.

Notre Père

1. Matthieu 7.7

2. Psaume 23.5-6

dans le ciel :

3. Apocalypse 4.11

Que tu sois reconnu pour Dieu ;

4. Psaume 99.4-5

Que ton règne vienne ;

5. Apocalypse 12, surtout le verset 20

Que ta volonté soit faite sur la terre comme au ciel.

6. Philippiens 1.3-11

Donne-nous aujourd'hui notre pain de ce jour.

7. (Matthieu 6.24-34) ; Psaume 23.1-2

Pardonne-nous les fautes que nous avons commises,

8. Psaume 51.1-13

comme nous pardonnons les fautes des autres à notre égard.

9. (Matthieu 5.43-45) ; Luc 23.34

Permets que nous ne soyons pas tentés,

10. Psaume 119.33-40

mais délivre-nous du mal.

11. Psaume 142.1-7

12. Matthieu 27.46 ; Marc 15.34

13. Matthieu 6.9-13 ; Luc 11.2-4

Texte de Lois Rock

Édition originale publiée en Angleterre sous le titre :
A First Look : Prayer
ISBN 0 7459 3186 3
par Lion Publishing plc, Oxford, Angleterre

Adapté de l'anglais par les Éditions Excelsis

ISBN 2-911260-34-1

Diffusion tous pays :
Éditions Excelsis - B.P. 11- 26450 Cléon d'Andran - France
Télécopieur : 04 75 90 43 18

Dépôt légal : Juillet 1997

Imprimé à Singapour

Table des matières

Introduction

Qu'est-ce que la prière ?

Pour les chrétiens, prier
c'est communiquer avec Dieu.
Les chrétiens prient aussi bien
quand ils sont seuls
que quand ils sont
ensemble.

Prier, c'est s'adresser à Dieu.
On peut prier à voix haute
ou prier dans sa tête.
Les chrétiens ont la certitude
que Dieu les écoute toujours.

Prier, c'est aussi écouter Dieu.
Il y a plusieurs manières d'écouter Dieu.
Il arrive par exemple que certaines paroles de la Bible
touchent profondément celui qui les lit,
comme si Dieu lui-même les prononçait,
il peut aussi se produire qu'une idée
s'impose à notre esprit et ne le quitte plus ;
parfois aussi, un ami peut s'adresser à nous
comme si Dieu lui-même nous parlait.

Les chrétiens croient aussi que quand ils prient, Dieu leur répond, qu'il peut les aider à surmonter la peur, leur donner de la joie même dans des circonstances difficiles ; ils croient que Dieu est capable de guérir, de les libérer de leurs soucis et de leur donner la paix.

Ce livre t'aidera à mieux comprendre :

- le Dieu que les chrétiens prient ;
- ce que les chrétiens disent quand ils prient ;
- la prière que Jésus a enseignée.

1. Un regard sur
l'accueil à la maison

Imagine un peu que tu entres chez quelqu'un
de ta famille qui t'aime de tout son cœur.
Comme tu es accueilli avec joie !

Jésus a dit que Dieu est un Père
qui aime de tout son cœur et qui
accueille toujours celui qui vient à lui.

Demandez et vous recevrez
Cherchez et vous trouverez
Frappez et l'on vous ouvrira.
Extrait du livre que Matthieu a écrit sur Jésus

Prier Dieu, c'est entrer chez
quelqu'un qui t'aime
de tout son cœur.

2. Un regard sur
un accueil chaleureux

Tu as été loin de chez toi.
Ta famille t'a manqué.
Mais te voilà de retour !
Comme les tiens sont heureux de te revoir !

Une prière de la Bible a été écrite il y a bien longtemps par quelqu'un qui était l'ami de Dieu. Elle parle de l'accueil que Dieu réserve à ceux qui le prient.

Dieu,
tu m'accueilles dans ta maison.
Tu me traites comme un invité important
et tu me prépares un festin.
Ceux qui ne m'aiment pas sont surpris.
Je sais que tu prendras soin de moi
toute ma vie.

D'après le psaume 23, dans la Bible

Prier, c'est se réjouir au festin de Dieu.

3. Un regard sur
un monde grand comme ça

L'univers semble
parfois si grand :
si haut, si profond, si vaste.

Sais-tu que quelqu'un de
plus grand que toi a créé
ce monde si grand ?

Les chrétiens croient que Dieu a créé tout ce qui existe, dans ce monde et au-delà. Cette pensée les remplit d'émerveillement et de respect pour Dieu.

Dieu,
tu as fait le monde et
tout ce qui existe.
Tu es grand et puissant.
Je t'apporte mon amour
et mon respect.

D'après le dernier livre de la Bible, l'Apocalypse

Prier, c'est parler à Dieu avec amour et respect, parce que Dieu est plus grand que tout ce qui existe.

4. Un regard sur

une neige toute fraîche

As-tu déjà vu de la neige
fraîchement tombée,
toute blanche,
douce,
et brillante ?
C'est un spectacle
tellement merveilleux
que tu en as presque
le souffle coupé.

C'est un peu ce que ressentent les chrétiens quand ils pensent à la bonté parfaite de Dieu.

Dieu,
tu aimes
ce qui est juste et bon.
Tu es saint.
Je te loue,
je t'adore.
Extrait du psaume 99,
dans la Bible

Prier, c'est se souvenir que Dieu est bon et saint, c'est le louer et l'adorer.

5. Un regard sur l'attente de l'été

En plein hiver,
il fait froid et sombre.
Ne t'es-tu jamais dit :
« Vivement l'été ! » ?

Les chrétiens croient que le monde créé par Dieu était bon. Mais quand les hommes se sont détournés de l'amour de Dieu, les choses ont mal tourné.
Ils croient aussi que Dieu est venu sous la forme d'un homme, Jésus, pour que les hommes puissent être réconciliés avec Dieu.
Celui qui est réconcilié avec Dieu devient son ami à l'instant même.
Un jour, Jésus, le Roi choisi par Dieu, reviendra pour régner
et toute chose sur la terre
sera à nouveau bonne.

C'est pour cela que quand, ils prient, les chrétiens disent :
Viens, Seigneur Jésus.
Viens pour être le Roi dans ma vie.
Viens pour être le Roi dans la vie des hommes.
Viens pour être le Roi dans le monde entier pour toujours.
Extrait du dernier livre de la Bible, l'Apocalypse

Prier, c'est demander à Jésus de venir établir le royaume de Dieu dans la vie des hommes aujourd'hui et sur la terre entière pour toujours.

6. Un regard sur

des rêves qui sont une réalité

Vivre heureux...
T'arrive-t-il de rêver
d'une vie toujours heureuse ?
Si seulement ces rêves
pouvaient se réaliser !

Les chrétiens croient que la vie
peut être toujours joyeuse
si les hommes vivent comme
Dieu le veut, c'est-à-dire
avec de l'amour pour Dieu
et pour les autres hommes.

Ils veulent que ce rêve
se réalise.

Dieu,
je veux répandre la bonne nouvelle
de Jésus, grâce à laquelle les hommes
peuvent vivre comme tu le veux.
Je désire t'aimer et mieux te connaître.
Je veux être gentil avec les autres,
pour qu'ils voient par mes actes
un petit peu de ton grand amour.
S'il te plaît, aide-moi.

Extrait de la lettre que Paul a écrite aux premiers chrétiens de la ville de Philippes

Prier, c'est demander l'aide de Dieu
pour montrer au monde
son amour.

7. Un regard sur ce dont nous avons besoin

De quoi as-tu besoin ?
De nourriture...
de vêtements...
d'un lieu pour vivre...
et de tant d'autres choses !

Un jour, Jésus parlait à une foule :
« Regardez les oiseaux, disait-il,
ils ne travaillent pas et ne se font pas
de souci pour leur nourriture.
Pourtant, Dieu leur donne
ce dont ils ont besoin ».
« Et regardez les fleurs. Elles ne filent
ni ne tissent. Mais les pétales que Dieu
leur donne sont plus beaux
que les plus magnifiques vêtements. »
« C'est pourquoi, ne vous faites pas
de souci au sujet de la nourriture ou
du vêtement.
Dieu, votre Père, sait que
vous en avez besoin. Mettez Dieu
en premier et il vous donnera
toutes ces choses. »

Dieu,
tu me donnes tout
ce dont j'ai besoin :
la nourriture, la boisson
et un endroit sûr
où me reposer.
Extrait du psaume 23, dans la Bible

Prier, c'est faire part à Dieu
de ses besoins de tous les jours
et croire qu'il y répondra.

8. Un regard sur
les fautes graves

T'est-il déjà arrivé de commettre
une faute vraiment grave,
que tu n'a pu ni cacher
ni réparer ?
Tout le monde commet des fautes,
et celles-ci sont parfois très graves.

Ceux qui aiment Dieu sont tristes
quand ils commettent des fautes.
Ils savent que Dieu les aime,
mais qu'ils n'ont pas toujours
aimé Dieu en retour.
Demander pardon à Dieu
est le premier pas à accomplir
pour lui faire plaisir.

Dieu,
tu m'aimes toujours.
S'il te plaît, aide-moi maintenant.
J'ai commis une faute très grave.
Le mal est attaché à moi.
Je te demande pardon du fond du cœur,
c'est la vérité.
S'il te plaît, accorde-moi
un nouveau départ.
Dieu, change-moi à l'intérieur
et soyons à nouveau amis.

Extrait du psaume 51, dans la Bible

Prier, c'est demander à Dieu de pardonner nos fautes et accepter le nouveau départ qu'il nous offre.

9. Un regard sur ceux qui te font du mal

Si tu pouvais te venger, que ferais-tu
à ceux
qui te font du mal ?

Jésus nous rappelle que Dieu
fait tomber la pluie et briller
le soleil sur les bons comme
sur les méchants.
Il dit que ceux qui le suivent
doivent imiter son exemple,
en faisant du bien à ceux qui
les traitent bien, mais aussi à ceux
qui les traitent mal.

Jésus nous a dit de prier
pour nos ennemis.

Quand Jésus a été mis à mort
par ses pires ennemis,
il a prié pour eux.

Père,
pardonne-leur,
ils ne savent pas
ce qu'ils font.

Extrait des livres que Matthieu et Luc ont écrits sur Jésus

Prier, c'est demander à Dieu de pardonner à ceux qui nous font du mal et de leur accorder un nouveau départ.

10. Un regard sur **tes amis de voyage**

Pendant un long voyage,
il est agréable d'avoir
de la compagnie :
pour trouver
le bon chemin,
pour t'arrêter
si tu te trompes
de route.

Les chrétiens croient
que la vie
est un voyage où celui
qui les accompagne,
c'est Dieu.
Ils suivent le chemin
que Dieu leur montre
en apprenant
à l'écouter.

Dieu,
s'il te plaît, enseigne-moi comment tu veux que je vive.
Je sais que c'est la seule façon d'être vraiment heureux.
Je sais qu'il est stupide de vouloir devenir riche et célèbre.
Mais j'ai un peu peur que les autres se moquent de moi
parce que je t'obéis.
S'il te plaît, protège-moi de cette peur.
Extrait du psaume 119, dans la Bible

Prier, c'est demander à Dieu qu'il nous montre le droit chemin vers la vie.

11. Un regard sur

Celui qui veut t'aider

Qui t'aidera dans les mauvais jours ?
Qui t'aidera quand
on veut te faire du mal ?

Les chrétiens croient que Dieu les aide toujours, même dans les jours difficiles.

Aide-moi, Dieu, s'il te plaît, aide-moi !
Je veux te dire les terribles choses
qui m'arrivent.
Mes ennemis m'ont tendu un piège.
Personne n'est resté pour m'aider.
Personne ne s'occupe de moi.
Dans ma vie, tout semble vraiment noir.
Je suis près de tout abandonner.
Je ne sais plus que faire.
S'il te plaît, aide-moi.

Extrait du psaume 142, dans la Bible

Prier, c'est demander l'aide de Dieu quand tout va mal.

12. Un regard sur quand tu te sens perdu

Tu te promenais avec un ami,
quand tout à coup,
il avait disparu !
Comme tu t'es senti terriblement seul !

Parfois, certains ont l'impression
que Dieu les a abandonnés.
Jésus se l'est demandé
quand ses ennemis l'ont mis à mort.
En mourant, il a récité une prière
des psaumes, qu'il savait par cœur.
C'est une prière triste
pour les moments où
nous vivons des choses pénibles.

Mon Dieu, mon Dieu,
pourquoi m'as-tu
abandonné ?

Extrait des livres que Matthieu et Marc ont écrits sur Jésus

Jésus mort,
ses amis ont pleuré.
Trois jours plus tard, les amis
de Jésus ont affirmé
qu'ils l'avaient vu vivant !
Les chrétiens croient que,
d'un bout à l'autre des moments
de tristesse, Dieu est là,
qui prend soin de tout.

Prier, c'est crier à Dieu dans les moments de tristesse, quand on a l'impression que Dieu ne fait rien pour aider.

13. Un regard sur
les choses à apprendre

C'est bien d'apprendre à écrire
une lettre. Tu apprends
à utiliser les mots justes
et à construire des phrases.
Une fois que tu auras bien appris,
tu pourras écrire toi-même,
avec tes mots à toi.
Tu pourras parler de toi.

Ceux qui ont connu Jésus sur cette terre
ont voulu apprendre à prier comme lui.
Ils ont demandé à Jésus de leur apprendre une prière.
La voici :

Notre Père qui es dans le ciel,
Que tu sois reconnu pour Dieu ;
Que ton règne vienne ;
Que ta volonté soit faite.
Donne-nous aujourd'hui la nourriture dont nous avons besoin.
Pardonne-nous les fautes que nous avons commises,
Comme nous pardonnons les fautes des autres à notre égard.
Permets que nous ne soyons pas tentés,
Mais délivre-nous du mal.

Extrait des livres que Matthieu et Marc ont écrits sur Jésus

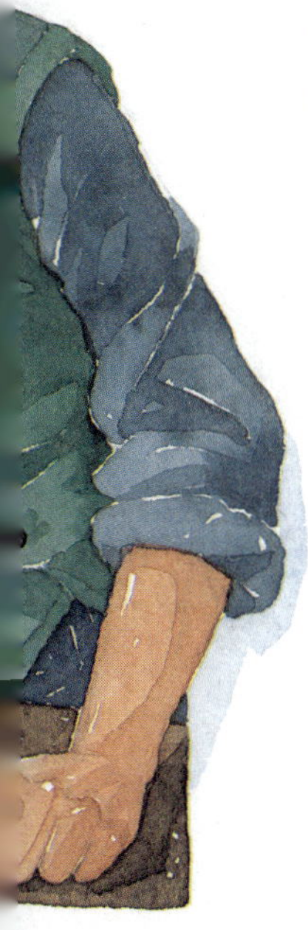

Aujourd'hui, cette prière s'appelle
« le Notre Père ».
Beaucoup de chrétiens
connaissent par cœur
ces paroles de Jésus.

Apprends à prier Dieu en prenant pour modèle cette prière de Jésus.

Qu'est-ce que la prière ?

1. Prier, c'est entrer chez quelqu'un qui t'aime de tout son cœur.
2. Prier, c'est se réjouir au festin de Dieu.
3. Prier, c'est parler à Dieu avec amour et respect, parce que Dieu est plus grand que tout ce qui existe.
4. Prier, c'est se souvenir que Dieu est bon et saint, c'est le louer et l'adorer.
5. Prier, c'est demander à Jésus de venir établir le royaume de Dieu dans la vie des hommes aujourd'hui et sur la terre entière pour toujours.
6. Prier, c'est demander l'aide de Dieu pour montrer au monde son amour .
7. Prier, c'est faire part à Dieu de ses besoins de tous les jours et croire qu'il y répondra.
8. Prier, c'est demander à Dieu de pardonner nos fautes et accepter le nouveau départ qu'il nous offre.
9. Prier, c'est demander à Dieu de pardonner à ceux qui nous font du mal et de leur accorder un nouveau départ.
10. Prier, c'est demander à Dieu qu'il nous montre le droit chemin vers la vie.
11. Prier, c'est demander l'aide de Dieu quand tout va mal.
12. Prier, c'est crier à Dieu dans les moments de tristesse, quand on a l'impression que Dieu ne fait rien pour nous aider.
13. Apprends à prier Dieu en prenant pour modèle cette prière de Jésus.